未读 ADR | 文艺家 |

生活笔记，以及我们如何找到被拒绝的幻觉。

杨海崧 著

北京联合出版公司
Beijing United Publishing Co.,Ltd.

……

今天上午我看见，一百万个城堡涌入大海，

无数沙粒堆成的空气，进入她的身体。

没有什么比她更像一种幻觉了！

空气飞过，像一道彩虹！

……

第一部分

一

生活笔记，
以及我们如何找到被拒绝的幻觉

第五篇

那些南京的黄昏去了哪里?
乞丐盘起腿行走,
市中心的雕像留下空缺,
电动自行车的刹车声此起彼伏。

可这和整个黄昏有什么关系?
我说的是皮肤最苍白的那个夏天:

你行走,出汗,
在评书节目还没有到来时,
就感觉到衰老。

第八篇

不知道什么时候，大海之门被悄悄地打开，你和妈妈走过城市里最高的建筑。

它的灰色的外表上镶嵌着一整块绿色的玻璃。

妈妈的记忆被保存了五十年，整整半个世纪（像童年时的冬天一样纯净，一样地不为所动）。

你偷偷地叹口气，努力把红头发的女人从你的心里挤出去。

这是在桥下发生的事，而在桥上，一辆大众汽车鸣响了喇叭，趁着夜色向前狂奔。

第十二篇

整个城市向半空中
撒开网状的呼吸，准备迎接死的到来。
这一刻实在是让人激动，
不过也让整条整条的街道
陷入不安。
你恰好路过，成为最后的见证者。
你说，这是某种
幸运的缘故，但是运气
不会好到下一次。
但是你又知道些什么？
生命如此短促，
死亡来得让人来不及想像。

第二十三篇

你站在黑暗里，看着外面的世界，你发誓说永远，永远不会进入那些光线。

但是其实你并不非常了解那个世界，对不对？

所有的技巧都不在诗中！你的朋友们现在分散各地，每个人都在过着自己的生活。

食物和水，和每个清晨唱的第一首歌，表明生活的技巧并不在生活里。

追求完美的人在路上艰难行走，他望向不远处的山脉，红色的太阳正在落下。

第二十六篇

窗户里有破碎的风声，
带来她的幻觉。

最长的一个夏天就要过去了。
父亲和弟弟离开了城市。

她靠着窗户，和她自己说话。
路灯一盏一盏地熄灭。

母亲说这就是我们的家，
角落里藏着笑声。

……

有些疯狂是我们无法预料的，
而有些疯狂，是我们乐于接受的。

眼睛里的一丝光芒消失了。
那曾经锐利的，现在已经变得柔软。

柔软的眼角总是显得恍惚，就像迟迟不到的
春天，
就像在大海的入口徘徊的河流。

……

而我离开你的时间已经太久了，久得已经记不清我们曾说过什么，或者某个清晨，我们曾一同阅读的某封邮件。

（你的鞋子上有一点污渍，反射出你手表上的银色指针。）

……

是不是有这样一种可能，关于人的立刻消失？

比如说你，在光线还没有洒下来的时候，在铃声还没有响起的一瞬间，是不是存在这样的可能性？

如果想消失，你就能立刻消失？而且连之前的痕迹也不存在？

这是凌晨三点，这是冬天即将到来的前夜，这是最后一条街道，这是红色的鱼群洄游的地方。

这正是一种灾难的形式。

还有一种，正在路上，急切地向我们而来。

……

于是天空会变暗，
小鸟将会停止鸣叫，
流浪猫们也会停下脚步，并且
睁大眼睛。
连汽车也熄灭了引擎。

而这呼吸，在夜晚到来前，
开始变得沉重，
几乎推翻了白天所有的预言。

于是这街市上的道路开始挤满了人，每个人的
头脑里都有一幅灾难的图像。

第三十篇

关于雨，还有什么可说的?
整整一天，
让汽车驶过的声音，
也变得悦耳起来。

这条街曾经铺满了青石块，老太太们每天清晨从这里走向菜场，慢悠悠的，手里挎着竹子编的篮子。还没到五月份，天气已经开始热得有些不正常。等她们从菜市场满载而归的时候，太阳已经晃得人睁不开眼睛，皮肤甚至有些发烫了。到那个时候，雨的痕迹几乎已经看不见了。

前街有个杂货铺，天花板上吊满了灰尘。那些灰尘一直留在那里，似乎谁都没有看见。一直过了那么多年，直到房子被推倒，门梁被卸在一边，等待收垃圾的工人们用卡车运走。空气中开始散发出一种腐朽的味道，工人们开始戴上口罩，然后整条街就这样消失了。

第三十九篇

昨天，如果有一个梦存在，
就像风吹过
山谷，在地图的右上角，
把一片黄色改变成
绿色。

那山谷在一万年前就已经存在，
火山口正在冒出白色的
烟，在湿淋淋的
街道上，老人说起
过去的故事。

骑车的人满载着鲜花，
在小巷里穿梭，
迷宫向前扩展，最终成为
骑车人的迷宫，而花的香味，
在一百年后仍能闻到。

第四十二篇

向左走，那是通往市区的方向。会有路灯照亮阴影，以及喝醉的男人的胡言乱语。刚刚过去的这个夏天根本没有看上去那么平静。幸运的是，你终于熬了过去。

“又一个，还有下一个，
小心翼翼地，像猫，
划过干燥的太阳，
保持深呼吸，咬紧的
牙关，还有刚刚好的音量。”

该怎么说？那些本来就不应该存在的生活，根本就是拥挤的街道上的一颗石子，悄无声息地被踢走。

而我们在这个晚上，自然而然地，陷入到一场没有结果的讨论中。

我从你的眼睛里看得出来，你也知道这种讨论徒劳，而且，总是没有定义。

但是，你还在坚持，我也会坚持，如果你还不想放弃的话。

而不久之后……

我们中的某个人会关上灯，另一个人将会离开我们。

我猜有人将会大笑，我们中的某个人将会陷入回忆。

第四十六篇

难以想象现在已经是冬天了。中午的太阳晒得发热，到了晚上还有人在室外打桌球。

“我已经忘了所有的事情，”他说，“如果你还记得，就在每天上午提醒我，九点，九点，不多不少。”他流出的汗水几乎形成了河流，他对每一个人微笑，每一个人。“我已经忘了所有的事情，”他说，“这里没有其他人，没有其他人。我就是我的地狱。”他说。十月还没有过完他就掉光了他所有的头发。他以为在夜里听到了声音是他的幻觉，那些汽车的轰鸣，那些头脑里的自言自语。

第四十七篇

他的左手还
停留在空气中，
而夜晚却已经醒了。

第五十五篇

音乐的声音很响，在商店的门外，小女孩从自行车旁绕过，她的男朋友右手插在裤兜里，目不斜视。打台球的人几乎不怎么交谈，他们只是偶尔眼神交会，似乎挥动球杆只是一种不得不做的事情。

每一个傍晚都像是同一个。你在街灯亮起的一瞬间，向黄昏投出同情的一个眼光。

音乐在一个重拍停止，在下一个重拍回来。在每一个重拍出现时，小女孩的头很自然地向右摆动。

你的心脏稍稍抖动了一下。然后最后一点光亮消失了。汽车继续前行，并按响喇叭。

闭上眼睛，被任何路过的人埋葬。你为失去的耐心感到难过。

——如果你认为这是你的命运，但如果它不过是神秘的陨石，被人谈论？——

这是你长久以来写下的第一行诗歌，在一个眼睛干涩的夜晚。

大脑在时差中摇摆，这是青春的最后时刻，自我完成的最后努力。

口哨已经吹出，路灯也在一瞬间点亮整条街道，刮了一天的风终于停止，明天离得还很远，这是出发的时刻了，我们。

但是这里没有我们，没有我们，只有你，穿着过时的蓝色衬衫，向着路的尽头眺望。

你应该怎么去描述这样一件，发生在傍晚的事？也许你应该这样开始：一个男人，和一个女人。

但这并不是全部，不是，甚至开始时也远非如此。

你也可以这样描述这个事实：是否还有时间，让整个世界伴随着一声优美的口哨声，进入黄昏？

其实那个黄昏刚刚过去，小女孩和男朋友的影子还停留在水泥路面上，而谎言似乎已经存在了一个世纪。

你想说你也会为失去的黄昏而难过，但是你明白，这句话不应该由你来完成。

不过我想你也能猜到，已经有太多不应该的事情发生，一次又一次，让整个夜晚拥挤不堪。

在陌生的夜晚，雨总是下得莫名其妙，也停得莫名其妙。

即使在冬天，记忆也会如约而至，时间的流逝似乎只是将痛苦和欢乐带走而已。

穿着黄色棉布裙的女人在五点差一刻时就已经准备好了深夜的礼物。

但是门铃迟迟未响，她的两脚交替站立。

空气被修剪得过于干净，黑发正在战栗，悄无声息。

似乎每个人都知道，这不是第一次，当然也不会是最后一次。

不过这和一个时代没有什么关系，并且永远不会是同一个黄昏。

第五十八篇

那座城市已经越来越远……
下雨的街道，
还有将要失去丈夫的少妇。

山顶上的火点燃后几乎
吞没了整个城市，
你成为我记忆中一直在
期待的那个人。

“春天到了，我们会去野外，
摘一些花朵，晒太阳，看书。
我们也会弹一些吉他
（如果凑巧有人带着一把的话）。”

在经历了两天的旅行后，
我们都明白我们
错过了什么。

第六十一篇

我知道你不感兴趣，但我们仍然在说（重复的话语说了一遍又一遍）。

末班车还没有到来（反正还没有来），我们反正无事可做。

不要叫醒睡着的鼓楼广场，它的呼声像夏天傍晚的闷雷，使楼群与楼群沉醉。

然后我看见水中的世界，一个幻像（然后我看见他从黑暗中走出来）。

游乐场启动的瞬间，整件事情就开始失去了控制（其实从一开始就没有控制）。

这就是时间的魔力，坦率地说，你只能接受。

他有太多的记忆，藏在潮湿的空气里，可是回忆就像是风（划过火星的表面，而且不留下痕迹）。

他喊哑了嗓子（也撕破了喉咙），但是黑夜仍然渐渐地远去。

但是温度正在渐渐地远去。你知道（你从一

开始就知道），这就是结局了。

在一个小屋子里住了二十年，每一个角落都变成了家。

第六十四篇

长长的纸页上写满了神话，
每一个神话里都有一个巨人，
巨人推动石头，
汗水变成了灰尘，
孩子们在黎明到来前死去。

电视发射塔正建在公园的中心，
这个城市里不再有什么巨人，
有人收集尘土，
把幻想留给河流，
一个孩子模仿汽车从街上走过。

时间是时间的敌人，
而你把你押在了上面，
你说，“再见，再见，
在词语的牢笼里再见。”

神话的最后一章等着作者将它完成，
有许多影子漂浮在路的尽头，
其中一个是你，
装出一副掌握了一切的模样。

第六十五篇

巨人们打败凯鲁亚克后会去哪里？
山顶上的莲花正需要有人采摘。

第六十八篇

像这条弯曲的街道一样，在似乎是尽头的地方总是会发现转折。另一个夜晚，童话里的魔法和你擦肩而过。而在这个春天和夏天，你看着自己不可挽回的衰老。直到词语撞在了墙上，在月亮爆炸的瞬间，以及树叶将黄未黄的季节。转折是怎么悄悄地出现？山顶上已经有人伸出了右手，手指细长，但是坚定，毫不怀疑。这些都可以看作时间的证据，如果还需要，那就等待木头船带来远方的好消息。

穿过桥梁就到家了，你说，你看楼顶已经闪耀银光，朋友们准备了盛宴，眼泪等待被落下。穿过桥梁，你说，河流将会为你停下，女人们会大吃一惊，你说，温柔的手就是证明。但是小心，那个傍晚时的圈套，路口的邮局燃烧了整整一夜，还有，遥远的客人做出的难以理解的手势。窗户开着的方向正指向西方，妈妈尖叫着说我会把一切遗忘。

感觉不到温暖，多么简单的白色物体。当楼房倒塌，这没有阳光的小道上，几个店铺排成一个城市。直到凌晨五点，每一口呼出的气体在梦中，缠绕你的未来，一辈子就这样回旋。多么简单的白色，但在限制的横栏上，已经有人写下了自己的名字。当飞机在阳光下闪闪发光，撕破你的幻觉，以及为幻觉折磨的一生。而楼房们在这巨大的轰鸣声中，沉入新世纪的海底。这么多老人，以及手牵着狗的中年人。而简单的白色就在泥土上露出的水泥管道前退缩，变成城市东边的一个寓言。

第七十二篇

你从里面听到了你想听到的
歌曲，这座楼房
建于八十年代，你的墙壁
被刷上白色，最新的白色。

在树木停止的地方出现了
粉红色温暖的光线。
你拐过街角的烟店，加入到
往来的人流中，在阳光下，
你的笑容显得格外地刺眼。

每一次，
都是这样，可是今天，
可以梦见很远的地方的
一座寺庙。
你把双手交叉，把
所有的玩具扔进
幻想中的庭院。

第七十四篇

她已经感到疲倦，
真的疲倦，在二十分钟的
时间，烟圈一个接着一个。

如果童年就在眼前，她想，
那么谁，
谁会记得那次说谎？
又有谁愿意斥责？

妈妈已经在鞋盒里
待了一万年，她的头发
还没有变黄，爸爸
就已经老去了。

我要从灰尘中升起，
她说，把疲倦抛到
摩天大楼的顶端。

如果有发电机，就会有
孩子的哭声，
这声音可以指引我，她说，
五十年的梳妆打扮，
神圣也要大打折扣。但是，
妈妈离开时什么也没说，
真的是什么也没说。

即使这不是她一生的故事，

也已经足够了。已经

足够让你想到，她的

另一些精彩的故事。

原谅我，爸爸，她说，

我终于可以击败你，

这是她睡着前的最后一句话。

第七十七篇

……

选择忘记是如此地容易，就像是二十年前，公路上飘过的几片树叶，枯黄地向着冬天而去。但是你仍然在灰尘中找到了一种迹象，轻而易举，并且吃惊。“这就是生活。”你告诉自己，但是你知道，这不过是一种客套的方式。并且你也应该知道，无论怎样的虚无也不可能把一个人推向毁灭。即使你已经忘记了过去的某一天，一个男孩在自家门口摆出的一副严肃的模样。

……

衰老来得如此必然，你毫无办法。人群都走向最宽阔的街道了，因此这里只剩下你以及尚未来得及枯萎的树叶。还有躲藏在十三号楼后面的星星，到了晚上它们就失去了光。但是，怎样才能登上楼梯，像一个窥视者一样，毫不掩饰欲望？或者把自己打扮成普通人，在人群中行走，绝不露出嘲笑的表情？也许衰老就是这样，让你毫无办法。

……

走出门，把自己迷失在城市的灯光下，并且淹没在人群中，放弃自己。每一个细胞的尖叫，谁会在意？你不过是一个长相普通的男孩，穿着球鞋在附近游逛。邻居把你叫作观察者，你从十四岁起就习惯了这个身份。地平线上的景象绝不为你改变。你选择结婚似乎，越来越像个错误。

……

多么令人沮丧，过了二十年，你并没有摆脱，并没有从那条小街上逃出来，多么沮丧，阳光仍然没能从窗户外晒进来。潮湿而阴沉的房间，傍晚七点的空气在昏黄的灯光下摇晃。多么沮丧，这味道洗了二十年，仍然没能从你的衣服上洗去。

那么，我是不是真的掉进了一个圈套？你问自己。爱情的老套情节，争吵与和解。这故事如此悲伤，但不是悲剧，却像是喜剧，孩子们长大后的一个陷阱。等着女人们或男人们闯进他们的生活，接着开始分手与拥抱，像电线上的鸟，像雨中的灰色雨衣，像羽毛即将落在湖面上使湖水裂开。

第七十八篇

你从来没有看见过，
那么亮的光，从
那么高的地方射下来，
扰乱这个城市。

有些诱惑出现在你的头脑中，
但那是你的秘密，
所以我不会说出来，我甚至
会装作什么也没有发生，
除了让我们崩溃的白光。
这是第十三次，
你看见它的时候，
正是人们互相问候的时候。

第八十五篇

十八年前的一次相遇，保留至今。时间的转轮用一个微笑，证明了这个世界毕竟还有奇迹。

但是十八年前的一场戏剧，却几乎没有留下什么影响，除了一些纪念，和一些让人不知道是不是真实的回忆。

你把自己藏起来，以为这样就可以躲开这个世界。

说出一句愤怒的话多么容易，在牙齿和舌头交错的一刹那，另一个世界展现在前面。

有光，但是似乎过于遥远，并且模糊。但是如果那代表了一个崩溃的世界即将到来，你还是愿意享受那样的时刻，是不是?

如果你不在这个夜晚回顾过去，那么恐怕就永远不会有了。那种时刻，正在减少，正在向幻想的某个点逼近。

戏剧成形于沙滩上的某个画面，大海并不像想像中的那样蓝。你还会有迷惑，和迷惑之后的沮丧。

朋友们已经开始进入大厅，在各自的位置坐好。“快点，快点，”他们叫着，“在风起来前结束这一切。”

（此时此刻，在城市的另一边，暴雨随着风而来，几乎要掀翻屋顶。）

一个小时前就应该有人到来。你能相信吗？湖水涨落，星星在两点钟的方向升起，几个小时后就消失在白光中。

你没有想到的是，那条路竟也如此地漫长，你的惊讶已经掩饰不住了。在那些江水的后面，竟然还有死亡的信件，从空中落下。

第八十七篇

你已经离开太久了，
马路上的雨迹已经变干了。

多余的树枝已被砍去，还留下
一条狭窄的小巷。

甚至连小巷也没有，
只是一串脚印，你看不见的背影。

凌晨飘起的烟雾使这个
潮湿的城市更加地潮湿。

而你几乎已经忘记，这城市曾经
被青草覆盖。

变化来得如此突然，
我们几乎来不及站起来，夜晚

就已经过去了，宴会结束
的时候，有人哭泣，有人

什么话也没说。

第九十三篇

冬天就在上个星期的第二天到来，临近终了，花也变得安静了。这响声并非来自我们的头顶，也不是来自左边或右边。这声音躲藏在最深的地方，已经很长时间了，潮湿的雨终于停了。树木已经停止了生长，……还有电台。

在那条街上，那些你从来不曾注意的人们又再次活过来。但是要再次面对自己，将是多么困难的事呵。所有的文字写下后又消失了，你抓不住那些，连同你的生活中的某种迹象。一切消失了，轻轻的一声，并不比别的更响。

时间带走你的恐惧，此时此刻，你就是你的恐惧本身。就像水被倒掉，然后被街道冲走。有什么事情正在等待？那个一望无际的世界。你描绘头脑中的幻觉，在椅子上度过的青春和愤怒，以及暂时失去的记忆。这就是结局的一部分，分，分散，光辉，就像是月亮的表面，在高速公路上闪闪发光。然后你可以这样说，“在这水与岩石之间，死亡意味着物质的转换。我们跨过的黑暗，足可以支撑起整个湖面。”

但是一个人，要想在头脑中独自创造出一个世界，那又将是多么困难的事情呵。可是你，人类之一，或多或少，不得不做这件困难的事情。这已经不是迷惑了，这是在清晨醒来前的最后一次呼吸。这个夜晚本不应该属于我们，汽车一辆接着一辆，影子一个接着一个，伴随着夏天的叫喊。

你确实不应该感到恐惧，但是恐惧还是悄悄地来了，就这样让你无法站立。难道你还有时间去想像？想像那遗落在小石坝街上的银色碎片？一切都和地心引力有关，重的落下，轻的飘走，每一个字都是碎片的一部分。而每一次写作，都是一次探险。你在瞬间看到的，是一片荒凉，城市，以及下了一个月的雨。

而你宁愿这样，相比头脑中一片空白。在海水的深处，在阳光未曾照耀之处，提醒自己不要睡着。而你睡着时几乎听不见呼吸，真的如你曾经说过的，这是你不存在的证据之一。这里没有码头，这里只有阴暗的后街，这里是歹徒出没的地方，这里是闪电的最后归宿。这个夜晚本不应该属于我们。你和我，在最后时刻，抓住了某种存在已久的东西。这是城市的夜晚，混乱，迷茫，让人无法拒绝。

……

那些吵闹的颜色，突然之间变得安静了。沉默得就好像睁大的眼睛，沉默得就好像成为它们自身之外的一切。这是让你爱上它们的原因，除此之外，再没有别的，……也许，还有那些猜不出是什么的影子，也让你心动。

第九十六篇

再也没有流浪汉在城市的角落
喝得大醉。
载货的列车已经走远，
你错过了一次逃离的机会。

最后一次，街道响起
掌声。灯光闪烁，
一个孩子为自己幻想了未来。

第九十九篇 · 时间的没落

追上一个灰色的闪电，灯光和
让人发颤的寒冷，正在电话的另一端，以
光速推进，催促着
每一个疲劳的身体冲过终点……
千山万水的嘲笑，地图的
顶端，九十度的转折呈现出病态的一夜。
时间的母亲，女性的第三人称，
美丽的而野性的欲望。

轨道上的玩笑越来越荒谬，寂寞的
灯向后飞奔，坚硬无比，
与月光相对，与钢铁的表皮相对，
与时代的微笑相对。一次
无法转移的意志运动。
漫长的空虚与
等待，总是等待，迈出右脚向前，
下一次不要欢笑，
不要哭泣，不要与小丑共舞，
甚至不要说再见。火
在平原的中心燃烧出激进的形状，
但激进的情感已经被大托拉斯收购了。

沙地流失在树林的后面，为
贫穷的孩子们而跳的舞蹈已经进行了
几个世纪。天色渐渐阴沉，

完美的圆圈正向烟囱的最高处
扩散，新世纪的最杰出的建筑物在
雨中哀号。停下脚步吧，
顺便擦一擦鼻涕。最最最伟大的
恋人们说，“走吧，
紧跟着我，穿过肮脏的街道。”
这真是奇妙，引来后世的诅咒和
失落，但是这

没有关系，因为树林后面埋伏着
一千支军队和无数的饥饿。这是

青春的预言和时间的没落，
用来平衡生与死，快乐与
哀伤，以及无数的男女们的跳跃
和迷惘。

这真的是一种考验，如果
人们在街道上行走发现了手上的
哲学，这真的是一次
激烈的考验。空洞的窗户
俯视着张开了手不知所措的人们，
疲倦的身体在凌晨三点的
街头缓慢行走。而
灵魂被某种白色的物质包裹，向

后退的桥梁诉说着欲望和
理智所不能原谅的软弱。

但是天空依旧在变幻着颜色
（从上一次火燃烧的时候开始）。

结局从那个男人的嘴里吐出，一字一句，
清晰得如同寒冷的房间里冰的白气。
他的神圣打开后的骄傲与
自责编织成的童话，仿佛一朵
玫瑰花的未来，而那声音来自云彩，来自
深夜的下水道，来自即将出发的列车，
声声不息，撞击每个主妇
与酒鬼的心脏，使双脚跳动，
使身体向前，或后退，向着黑暗的中心，
向着天空中闪烁不定的诱人气息。

舞蹈即将开始，再过三分钟……

但白色的雨滴滴答答下了整整
一个冬天，
人们来了又走，脚上的鞋子踢哒作响，
美丽的黄色的云把天空变成了天堂，一步
之遥，有人会向下俯视，
问声好，并且等待一只手臂向上举起。

如果能发现，那么就可以
发现真理，这制度的车轮从孩子们
的身体上轧出伤痕，灯光
依旧闪亮，傍晚，
一场战争即将开始，男人们的喘息和
时间的沉默，
音乐在死亡到来时响起，真相
就躲藏在死亡的后面，
献给死亡的诗歌
历经几十个世纪的咒骂和风风雨雨，
为社会结构增添砖瓦。

而另一天，另一个阳光的午后，刺痛
衰老的眼睛。
是什么打动了你？是她的面容？
悲伤而绝望，美丽而
厌倦的过客，
你的同类。

现在，作为一个失败者，拣起
火堆中的黑灰，将未来
涂抹成它未来的样子，冷漠高傲并且
无所事事地闲逛。
人群会议论纷纷，流过桥下的
大街，去向每个窗口。

失败者，这黑色的旗帜在五月的街头
铺天盖地，真令人惊讶，而
更令人吃惊的是这是一次失败者的节日，
一次狂欢，一声让人心碎的口哨。

如果天空降落在博物馆的拐角……

但是，这
没有关系，因为树林的后面隐藏着
一千支军队和千千万万的厌倦。

每一根燃烧的烟都诉说了一个故事，
但不是人类的，
不是城市的，甚至不属于那
打着哈欠的嘴唇
（这可爱的嘴唇柔软无比）。
过去的歌声飞越了墙壁，
从木质的屋顶上长出翅膀并且
在太阳下融化。在
那里，在解放者
占领的城镇中掀起
风浪，在被杀的
人质的眼睛里流露出的恐惧和
哀伤改变了河流的方向。
快点，快，快点，与

暴力共舞的心脏已经说完它的
故事，一个孩子的笑容。
孩子笑着穿过商店和菜市场，
以及旁边的厕所，
头发散乱，满怀希望。

第一百零六篇

开始的时候你走在队伍的中间，像一条鱼跟随波浪向前，向前。有人在小声说话，说的是关于一个女人，你突然感到脸上有些发热。但是人群推动着你，你无法停下来，去擦一擦额头上的汗。你听见高音喇叭的响声，但是你无法辨认出那是谁，也无法听清他在说什么，唯一可以肯定的是，这是一个男人的声音。偶尔也放一些音乐，这是你喜爱的音乐，你甚至有些陶醉了。人群的速度加快了，后面的人踩到你的鞋子，你不得不蹲下来拔起鞋跟，后面有人开始抱怨，你赶紧站起来，跟上队伍。汗水又流下来，顺着你的额头和脖子。你看着前面的人，那件宽大的白色汗衫和挥舞的手，你想着这个人的脸，也许是一张激动而发红的面孔，也许是一双正义和坚定的眼睛和一个坚强的下巴。队伍停下来时你撞在前面的人身上，你终于看见了那张脸，既不坚定也不激动，眼睛里投射的是责难和抱怨。突然你开始怀疑自己为什么会在这里，一个对群体毫无热情的人。你开始羞愧，汗淌得更多了。你低下眼睛，害怕被周围的人看穿。队伍又开始向前，向前，你又开始迈动双腿，那么热的天气，你想，你就像一条在开水里游动的鱼，跟着这波浪前进，向着那高音喇叭发出的声音，向前。

第一百一十篇

忘记你曾热爱的是如此地容易，
忘记你曾坚持的是如此地容易，
用某一个触角潜入你的深处，
寻找巨大的蓝色中的位置。
在过去的某一个时刻，某个凝固的点，
头脑中有音乐响起，带你回去，
空气颤抖着，风在你的身体里开始召唤，
那声音穿过黑暗的门进入光亮，
进入你曾经遗忘的光荣。

第一百一十四篇

从公路向前，红灯闪烁。
那里男人们正在挖坑，一个一个，

针线盒里布满了灰尘，
你向着神秘的公路狂奔。

暴风雨来临之前，船只已经进港。

第一百一十九篇

关于意义的迷惑，关于我们为什么会在这里，以及为什么选择之类的问题，我们已经说得够多了，无数的文字填满了纸张，然后无数的书籍填满了图书馆。我们也似乎已经有了充足的理由和貌似准确的答案，但是这不过是一种错觉，我们被我们的骄傲和莫名的自信所牵引，无数个世纪以来，我们用来武装自己的词语和思想实在是不值一提，并且似乎，把我们带到了困惑的道路上。

在飞机的机翼上有白色的斑点，
你伸手触摸到云。

第一百二十三篇

一辆自行车划过公路，
火柴的闪亮。但是，
被忘记的个人主义在电线杆的
顶部飘扬。

这就像是某些哲学家，
他们在图书馆的
屋顶争吵，彼此推搡。
然后女人们加入到了自行车的
游行中，爆炸的瞬间。

为什么是一个人？
在这么多年的孤单，以及争吵，
以及对未来的幻想之后？
眼看着这条街道变得拥挤，
喃喃自语，或者嘲笑，
或者把自己做成一个
姿势扭曲的雕像，
站立在夜晚
兴奋的人群中间。

第一百二十五篇

树叶落下时发出了叫喊，
有人正在行走。
不要向他们讯问，
也不要做出某种暗示，
就当作这是一次旅行，
一次装模作样的旅行。

时间总是走在了我们的前面，
还有男人，还有女人和孩子，
当天色变暗，
空虚就会出现，
即使伪装得更好也
逃避不了星星的坠落。

可是我们仍然在空旷的
广场上咒骂并且期望。

如果有回答，
那也是一种幻觉，
下班的人正在匆匆地离开，
树叶落下时发出了叫喊，
发动机在每个人的头脑中开始轰鸣。

第一百二十八篇

有些美丽不需要时间证明，
那些萤火虫会一直
围绕在木质的小桥边。
然后雨会落下来，
从图书馆直到你失去视线的战场。

但是那些散落在地板上的
信件是另一种证明
的方式，
就像你还来不及挥手告别，
火车就已经
向下一个站台冲去。

影子出现在下一代的身上，
还有更大的雨，
让人惊讶的还有微笑，
伴随着眼泪流淌到
整条河里。

第一百三十三篇

早上八点，城市正在
从北方来的空气中挣扎，几只渡鸦
在结冰的河面上
徘徊，每一声叫喊
都很紧张。

但是更紧张的是你，
天气寒冷，回到
熟悉的人群里，
你怎么能不紧张?

有那么多的暗示，
还有陌生人陪伴在你的左右，
并且不停地提问，
并且在钟声响起前就起床。

除了紧张，你还能
怎么样。

第一百三十七篇

你想起一个穿着短袖衬衫的家伙，从来不笑。为什么呢？你问。三十多度的高温，树都要融化了。融化的树就长在你的门口，每次出门都要跨越千山万水，直到汽车开过，溅起一身的水花。把城市也抛进镜子里，成为天空里最后的颜色，成为夜晚最后回家的人。你不想把门打开，你对自己说，随便什么事情发生，随便某个声音响彻这个或那个街口，那只是楼顶上的一个闪光，眨眼间就会消失。一次又一次地努力，你从刚睡醒时就开始，……。日子过去时悄无声息，连闹钟也从不响起。昨天刚刚开始的梦，到了夜里就已经毫无秘密。脚步，又一声脚步，这一定是有人在不远处走动，使你成为他的世界里的一部分。

第一百三十八篇

夏天，身体在
不知不觉地流汗。
你看着汗水，把时间
带走。

第一百四十篇

她笑着，就像西班牙玫瑰，让人伤心。

她是不是应该离开你的血管?

日日夜夜，时间成了敌人，
你成了你的负担。

她转过头，藏在另一个早晨的后面。

从南方来的大人物，
占领了街道。

这次精神崩溃来得正是时候。

没有新闻，也不会有幻觉。

今天的报纸已经售完，娱乐业小心翼翼地走过，
然后用力呼吸。

而她想看到的真实摇摆不定。

一颗没有希望的心。

她说下次见面时我会带一件新的大衣，然后你 < 54
一定要穿上它到街上走一圈，让邻居也能看见 55

它，还有他的妻子，还有他们大学刚毕业的儿子。

洪水涌进了城市。

她在这种速度中眩晕，一种惯性的生活。

如何抵抗？在灯光熄灭之后？

第一百四十二篇

有人在说话，
有人坐在窗口看了一夜的灯光。

一个戏剧，
就像一种生活。

在水里变幻着颜色。

第一百四十五篇

从这里跑上去，这个
长头发的女人。
钻石发亮得好像是从云中来。

而你离那个城市越来越远，
从四月开始，
每一秒都像是一次撞击。

后面的生活已经没剩下什么，
这个长头发的女人开始失望。
“真是的，”她说，
“早知道是这样，
我就不会放弃幻想。”

第一百四十九篇

恋人们总是在最后一刻相见，即使他们错过了第一辆车，也会有第二辆，以及第三辆。这不能简单地归结为戏剧化的生活，或者偶然性与必然性之间的纠缠。这更像是生活在地球上的我们，为自己设定的某个角色，然后期望在最后的一幕中变得完美。

第一百五十篇

她轻声对你说话，
这是令人多么地绝望和厌倦。
她抚摸你光滑的头发。
燃烧的天空，混合着奇怪的声音，
她走出大门，投入这个旋涡。
由于猜测和好奇引起的怀疑和想像，
在城市的每一个角落回旋。
她走出门，投入美丽的旋涡。
眼睛发出黑色的光寻找轻快的舞步，
在红色的天空下，她的声音沙哑，
她走出门，投入时代的旋涡，
她轻声地，轻声地说话。

……

在美丽的公路边，
那火在燃烧，火焰的中心
已经成为一片空洞。
昨夜在福尔马林中尖叫的女人，
走在公路上，走在公路上，
走在迷人的黑暗中，向火焰而去。

第一百五十三篇

夜里十一点的时候，你关上房门走到外面。天上有很多星星，行人稀少。你没有目的地向前，向左拐或者向右，你现在不是在走，而是在飞，你正在这个城市的老城区以惊人的速度飞过许许多多错综复杂的小巷。在这些狭窄而细长的巷子里，你再次经历了你的童年和少年的成长过程。一瞬间，一瞬间的事情。现在你反应过来，这只是一个可怕的笑话，你用你旋转的头脑思考着，努力抓住一些线索，好让你的过去更实在一些。但是连你本身都在飞，何况你的过去。

为什么没有下雨呢？你不停地问自己。为什么呢？在每个十字路口你给自己下一道命令，红灯就右拐，绿灯就直行。可是在第三个路口你就开始犹豫了，因为你就要拐到那条著名的夜市街了。人真他妈的多，可是你已经不在乎了。你脚步迅速，身体轻盈，你根本不用回头就知道人们已被你甩在后面，远远地甩在后面。这不成问题，你在飞，你不仅可以在纸上飞，而且你更愿意在路上飞，在人多的地方飞，人越多你飞得越快。相比之下一个人关在屋子里听着音乐飞简直就是儿戏。你快步向前，你的头脑开始发热，并且旋转得更厉害了。无数的声音冲进你的耳膜，这个有秩序有意义的社会变得莫名其妙起来。你的大脑来不及反应，来不及处理信息，能量穿过你的身体，有一刻你真切地感觉到你是这个宇宙的一部分。能量进入你又出去，你成为循环中的一部分。世界在流动，而你正是这个流动的一个分子。你的头顶正在裂开一道缝隙，你可以接受任何事物，你也可以抛弃任何事物。这活的宇宙，星星开始在你的体内爆炸，一个接一个。你只是媒介，你的身体是一个媒介，是你灵魂的平台。你确实飞得很高，因为你在半空中看见一个人在人群中疾步向前。你看见他穿着和你一样的衣服，并且有一张和你一模一样的脸。这家伙你很熟悉，你不知道为什么此刻他会在这里。你注视着他在人群中穿行，你在人群中穿行时发现他正在空中盯着你。你不知道这有什么好看的。但如果他愿意就让他待在那里好了。你不再思考了，你的大脑正在重复着接受与清除。此刻你安静极了，各种沉重的思想已经统统地流回空气中。你的大脑变得干净了。

时间过得快极了，你终于停下来，你想喝点水，你越想你就越口渴。你环顾四周，突然发现你正站在南京最繁华的路口。你该往哪里去？你迈出一步，又停下来。为什么没有下雨呢？你需要一个理由，你需要一个可以让你向前向左或向右的理由，你需要一个让你继续活下去的理由。突然你隐约想起你应该在某个地方等某个人。在什么地方等谁呢？你一片混沌，你空白的大脑已经不适应记忆，你在街头站了很长时间，努力希望回忆起点什么。

第一百五十六篇

你曾经相信在下雪的最后一天
是一个预兆。
车辆在城市的主要街道上
排成几排，
一种沉默的生物，
终于占据了世界。

本来应该是白色的，
但是没有，
甚至行人都显得稀少。

一年总是要有个总结，
不过某种混乱还没有过去，
屋顶上挤满了
离家的人。

第一百五十九篇 · 体面的死亡

云上有巫婆的日子已经过去很久了，
那些城堡铺满了灰尘，
一个时代接一个时代，
越来越快。

转眼间我们站在了指路牌的底下，
在发动了很多场战争之后。

有一些脚印夹杂在人行道的两旁，
头脑里总是被过去纠缠，
过去的就过去了，他们说，
然后有一声巨响，响在六层楼的下面。

而我们不慌不忙地穿上衣服，
把自己暴露在空气中。

第一百六十二篇

每一天都像重复前一天：
在鞋子的选择上，在
食物的选择上，以及生活
的选择上。

降温的预告上个星期就已经发出，
失败的异族人，
哭泣的不是你，
该哭泣的不是你！

但是他们说“不”的时候，
表情严肃。
星期天的下午，你的照片，
被挂在了墙上。

第一百七十二篇

有一种光亮，
像大路上游荡的男人，
跳跃进山谷，
和回声一起构成了
风景。

退休工人在天亮前起床，
他的母亲起得更早，
并且咒骂，
桌子中间堆满了茶杯，
和未吃完的食物。

总有一声叫喊会从某个喉咙里发出，
湖的中间是平静的，
而总有一个理由可以
抹去失败的痕迹。
在冬天将要来到时，
图书馆里塞得下整个世界的怀疑。

第一百七十三篇

说谎者占据了城市的中心，
一只鸟停留在电线杆的顶端，
一个黑点，转眼就会
消失。

而努力有的时候显得过于愚蠢，
过于像你……

有人偷走了你的鞋子，
把它挂在门口潮湿的空气中，
你还在熟睡，
睡得不忍让人叫醒，
直到火逼进了房间。

心变得柔软，但是手脚僵硬，
你看见有人向某个方向奔跑，
你问，“发生了什么？”
一个女人停下来看着你的眼睛
说，“我们不过是从热情
投向另一次热情，从虚空
跑向另一种虚空。”

但是演出还是来了，
虽然迟了太长的时间，
虽然观众的人数少得

可怜，首先是丑角，
接着是强盗，然后又是
丑角，直到一头大象
被拉上舞台。

第一百七十六篇

事物，有一些过于巨大，
像北欧的鹿角，
或者动物园里的野牛。
而有一些又
过于细微，总是被忽视。
一个圈，以及另一个圈，
世界在某个圈里，你和我，
我们，破碎得和
星星一样，只有一闪一闪的光，
才是真实可见的。
可是一个人，要想在自己的头脑中
创造一个世界，
将会是多么地困难。

第一百七十七篇

所有大海的力量，加起来也抵不上片刻的真实。火车去向人群聚集的方向，大海只有一个口哨用来召集。

而冬天的雨摧毁了你的神经，这个女人把希望寄托在明天，房子建在海滩上。

不过是打扮得像另一个吉卜赛人，你在你的眼睛里变了一副模样。而你和你的卑鄙，只是建立在爱的幻觉上面，像果实，摇摇欲坠。

你选择最合适的姿势，以一种惯性和你的生活联结，还有一幅画，撕开了裂口。有些主题一再地重复，可是你并不会厌倦。

为什么要争吵？喋喋不休。所有的过去被抛在了后面，可是也许正是这些过去，让人悲伤。然后你知道另一场战争就在你的身边，像空气一样，不可触摸。

第一百八十篇

爱就是爱

现实就是现实

当金鱼死去时

一切总是如此地安静

——海明威

这不是她的梦想，

绝对不是。

甚至不是她在十六岁时说过的

每一种逃避。

“十二月，最寒冷的季节，

但是我们仍然心心相印，

是不是？即使

争吵一天接一天地发生。”

是的，你应该出门走一走，

去看看掉光了叶子的树，

顺便抽一支烟。

河流知道什么？

四月已经过去很久了，

梳理，梳理你的头发，

把它弄成时髦的

式样，并在音乐结束时离开。

可是河流带着我们所有的
秘密，向着
街的拐角流去。

手微微地摆动，
坟墓一样地安静，
她拉上所有的窗帘，
抽烟，打电话，抽烟。

“我们就是我们，
其他人也会
厌倦。你现在走到什么地方？
今年冬天这么冷。”
但是这不是理由，
什么也不是，
总有一天你会走到路的尽头。

“我希望怀疑的空气再一次
包围我。”

河流总会干涸，
金鱼总会死去，
金鱼死去的时候，一切总是

如此地安静。

你已经过了沮丧的年纪，
可沮丧，
一次又一次，
几乎把你劈成两半。

但是这不是理由，
什么也不是，即使大雪
覆盖了一切。

这仍然不是脚印应该
留下的地方。

第一百八十三篇

陌生人编造自己的故事，
那里面有梦，有爱。
还有在错误的时间里的告别，
还有在想像中清除的一些记忆。
听到的故事，看见的火焰，
以及那些想也想不起来的挣扎过去。

在某地停留了一夜，在机器里梦游，
一夜连着一夜。
被禁止的城市，我们乘着飞船来去，
被禁止的飞船锈迹斑斑。

可疑的英雄在飞船上接受欢呼，
保持冷静。

时间在某种空白后弥漫开，
机器正在旋转，机器总是在旋转。
深夜吼叫的狗正是噩梦的来源，
而噩梦不过是回忆的另一面。

你曾经有过最好的梦，现在
你刚做了另一个梦，
你说这是更好的梦，看上去
这不过是，
另一个偷偷摸摸的梦。

这一夜的梦里都是追杀，
逃亡，以及走错的地方，
还有上不去的陡坡。

可我们总是要去什么地方，是不是？

五分钟的快车呼啸而来，
趁着黎明还未被酒鬼吃掉，
让身体消耗，把
时间扔掉。

第一百八十五篇

那样的旅行从一开始就显得
不同寻常。
该带的外套都被
收拾进包里，
每一件会用到的，
以及可能会用到的，
都找到了位置。
上路时，
锁紧房门。

而猫们仍然徘徊在院子里，
无处可去。

第一百八十八篇

请在我的空气里洒上
茶叶的味道，
你对自己说，那是以往的回忆，
加上上个世纪的承诺。

那时候还有一双美丽的手，
你的手，以及另一双手。
这在逻辑上发展成为一种社会关系，
人们把这称之为报应。

这就是说话的方式，
慢慢地，一板一眼，在
应该转折的地方总是略显做作，
这就是我们和世界交谈的方式。

一切总会如期到来，
楼道里安静得像是下了雨。

第一百九十一篇

是的，这是一个
令人费解的主题，
一直都是。

是的，离你第一次打开自己的灵魂，已经过了很长时间。那个时候你还穿着厚厚的毛衣，并且不需要每天都刮胡子。数一数，已经七年了，矛盾并不比七年前少，而且你也真的越来越担心自己的未来，这是不是就是年龄的脚步？与七年前的你比较是无意义的，你知道，但七年后的你更加地怀疑，社会，责任，道德，家庭，友谊和爱。你已经习惯于不相信，这是悲剧，你想，这是不应该的。你曾经看过那燃烧的火焰，你曾经和古老的幽灵在没有星星的夜晚交谈，但这一切现在仿佛已经关闭了，那门仿佛关闭了，可是你没有忘记，噢，但愿我没有，你想，我将回到我的命运中去，带上怀疑和少许的焦虑。

……

时间缩成一个球，然后慢慢展开，先是一点点地把你吞噬，没办法，你就先忍一会儿，忍一会儿，很快就要进行下一步。接着进入一条通道，两旁挂满绿色的黏液，并且散发着刺鼻的气味，不太浓，也不太淡，也许你应该再忍一会儿，再忍一会儿，后来发生的事情超出你的想像，但那是几千年之后了。

生活是什么？生活就像是一场自我折磨的好戏，你负责导演，编剧，主演，以及背景的声音，听着一些稀稀拉拉为你叫好或者反对的声音。结束时你环顾四周，又剩下你一个人，并且你的周围已是一团糟，布景扔得到处都是，更别提被损坏的道具以及各种假发。这难道是你经历一生所希望看到的结局吗？可是生活就是这样，一场自我折磨的好戏。

……

正是这只幻想的手抓住他的身体，
他开始融化，
在没有光的房间里。

是什么改变了我们对事物的看法？
天气？一个手势？
或是一段音乐？

第一百九十四篇

那些带有宗教意象的
词语，并不能说明
你已经穿越了火焰。

湿润的空气在清晨散去，
音乐在最后一个音符落下，
不知不觉，并没有人
发现，他们只顾说笑，
忘记了时间，于是
音乐悄悄地退去，留下
一个空洞的回忆。

午夜，钟声敲响，
有声音喊着你的名字。

已经有潮湿的空气弥漫
在时间的血管。
没有人，除了那些在广场上
飞过的鸟。

整个世界很遥远，
但你还是看见了，看见了
我们的影子。

第一百九十七篇

信任沿着墙壁悄悄地溜走，雨正落下，你的皮肤开始潮湿，无线电波正在发射，没有人怀疑。可是信任被当作一种装饰物，在渐渐变冷，什么也不会承担明天的事情。一只手伸出放下，你说话你威胁你以你的所有来堵住这个缺口，可是墙壁上留下了印痕，这是真实无误的凭证，这是信仰消失的地方，再没有火焰，再没有烧痛的快乐，甚至连灰烬也已经消失了。

第二百零三篇

彩虹超越了无数的弧线，
在顶部，蓝色在后面
追逐，告诉你一个已经被
我们忘记的故事。
孩子们正在长大，
孩子们长出了胡须，
于是谎言侵入身体，我们
环绕着立交桥而下，把城市
抛进过去，抛进
某种遗憾。如果你
在这个时候说，“回家吧。”
我们该怎么回答？

第二百零六篇

每一个星期结束的时候，你把这个夜晚送入一次想像，一次空气中的飞行，空气冰冷，或者让它燃烧。

你沿着楼梯而下，在白色的物体中触摸虚无。可是这个夜晚已经失去了色彩，在黑与白的中间，是谁的叹息，缓缓而来？

夏天过去的一次挥手，汗水再一次从脸上滑落，这是告别。

在夜晚灿烂的街头你想你也要灿烂了，跟随着这部电话，连接着世界。

如果真的有伤感，那么这就是了。你已经说了太多的话，而夜晚即将逝去。

每个人都有一个理由，说出口时带着漫不经心的延长的拖腔，在一片空旷的场地上响起。

每一种联系都在河流的后面被切断。音乐出现的时候，朋友们穿过巨大的走廊。

这是禁止说话的庭院，所以不要大声地喧哗，在每一个拐角，都有一个季节。

奇怪的声音再一次响起，冲击你身体的每一个部位，这是二十一世纪的喘息，这是我们被抓住时反馈回来的叫声。

然后就是星期天，早上的阳光直射进来，照耀着镜子后面的梦。

无数的拐角使朋友们迷失了道路，所以当黑暗中响起窃笑的声音时，一扇门被打开，另一扇门也被打开。

谁也没有要求我们什么，这是大河拐弯的地方的最后一次烟花的晚会。谁也没有希望我们什么，黄色的野菊花正在坠落。

可是，你的夏天，谁舍得就让它这样地结束？

早晨，有干燥的阳光，刷牙和洗脸，煮咖啡，这是最近的习惯。然后可以开始工作。但什么工作呢？从窗户望出去，可以看见十分之一的街道和半个人群。直白的阳光和音乐，无所事事的上午，煤气上的水就要开了。

第二百零八篇·十分钟读完的小说

里面下着很大的雨，
但还没有
大到让教堂的屋顶塌下来。

小女孩有小女孩的方式，
被雨打湿的卷发，
以及注定要被震碎的手表。

下午三点十五分，
一些游戏已经到了该结束的
时候，可是谁会在乎？

又有谁会怀念？房间里
堆满了圣诞树上
短路的灯泡，以及一条

睡着的狗。看上去一切
没什么不同，
除了心理学上的一些争论。

最后一句是关于凄苦的生活，
即使用笔写下来也不会褪色。

第二百一十六篇

森林终究会融化，
一场火的事故却是
无法避免。
我看得出，你终于学会了
和生活妥协，
在这么多年的争吵之后，
返回平原的最终是
一颗被搅乱的
心。

第二百一十九篇 · 一次告别

两天的旅程，
建立起某种信任，在中国的
中间，在被人诅咒的
城市里。

火车已经向西，
最后的拥抱引出了眼泪。

但是仍然，有一种负疚留了下来，
在化过妆的脸上，
掩盖了苍白的脸色，以及
某种印迹。

这真的是最糟糕的一种告别，
或者一种开始。

第二百二十四篇·又一次告别

在火车开动的起点。
一套简单的程序，
重复再重复，
从候车室到寻找自己的
那节车厢。
一年中的多少次？
鞋子磨着脚踝，以及
便宜的快餐。

有那么一会儿你觉得厌倦了，
冬天来得那么快，
而且突然。
回家的车上坐满了
乘客，并且播放
老派的歌曲，
“我的爱。”那男人唱道。
你看了看手表，而你的一部分
却在这个时候离开了。

第二百二十七篇

舌头如同火焰般
燃烧，
在她还没来得及说出
再见的时候。
她走了很久，直到看见
那火球变成星星。

她的死亡不过是一条短短的消息，
消失得连流星也追不上。

第二百三十五篇 · 五月的歌谣

不要相信这是个成长的城市，
也不要把希望当作
唯一的理由，事实上，
当各种汽车鸣叫着冲过连接
城市和另一个城市的高速公路，
怎么会不丧失思考，如果
有思考存在的话。

厨房里的爵士乐本来应该出现在
城市的另一端，
但是没有，
几千个房屋也只是装饰。

这就是你的季节，春天似乎
刚刚到来，没有雨，
在五月，你看得越多，就
越绝望。

你如果不写，也许就永远
也不会写下来，这是
宿命的一种，你知道，
就是现在，中午时候的雨可以
理解为
一种幻觉，或者
为死者举办的仪式，

迟到的，但是总算不太迟。

“兔子，出来吧，”你说，“不要总是躲在
墙的角落。”
“也不要把地板当作泥土。”
“兔子，出来吧，兔子。”

在进入另一个世界前屏住呼吸，
并且不要怀疑。你能触摸的
一万个世界不过只是一种
空虚，和
更多的空虚。

而春天才刚刚开始，
我们才刚刚埋葬了欲望，
在城市的西边。

这里曾经是最喧闹的市场，
但是现在你错过了
一场好戏。
过去，你的过去，一次过于奢华的
狂欢，消失于清冷的
路灯下。
你会失望吗？那不过
是一次狂欢而已，

最后一班公共汽车，
已经开出，孩子正在回家，
兔子仍旧缩在角落，
而你的过去，不过是
一次失败的狂欢而已。

这个季节怎么会有莲花开放?
你问自己，这个五月
从大气学的角度来说，是不是
显得过于干燥?

男人的鼻子里流出了血，
并且眼看着自己变成了一个
胖子。他在上班时
从来不带钥匙。
妻子放弃了最后一个女友，在
上一个夏天最热的时候。
但这也许是个
错误，男人睡觉时
被梦惊醒，
他试图在清晨到来前恢复原样。

但是你度过的这个晚上，
和前一个并无不同。

在这道门和那道门之间，
是空气里捉摸不定的
味道，不用盼望神奇的事物，
我们在人流中
伪装自己，大声
喧哗，为自己购买
一顿又一顿晚餐。
直到路灯熄灭，
直到路灯一盏接一盏地
在眼前熄灭。

相比神奇的事物，你更愿意
相信电视机里的预言，
我知道，我也
知道你已经放弃了选择，
即使那只是一种假设。

但是春天才刚刚开始。

你存在于城市的声音之上，
二十四个小时，
永不停止。
女人刚刚经历了一次失恋，
在南方的城市里，
你找到了替代的原因。

兔子已经死了。

兔子死于凌晨三点半，
整整一个城市的人
都在睡眠中梦到了未来。

第二部分

—

一些散诗

又一个平静的夜晚

又一个平静的夜晚，
灯光惨白。
两个多月以来，生活
显示出平稳的迹象。

骨头已经撒在了我的血液里，
保持稳定的呼吸，
并且不要被突如其来的声音吓倒。

但是实际上不会出现声音，
我清楚地了解这一点，我的黑头发
在某天清晨开始脱落。
这时候阳光还没有照进窗户，
我的窗帘是蓝色的，上面有
白色的雏菊。

那似乎是很久很久以前的事情了，
那时候太阳还没有
把我晒干。

你错过了机会

美丽的脚，
在六月，
阳光照射得像
一把火。

而你在冰冷的海水里，
呼喊，
希望有人听见。

你错过了机会，
我说，
不会的，你说，
那只是一种关于获救的幻觉。

然后你用手指伸向六月，
那个白天和随之而来的夜晚，
一下子变得
毫无意义。

我将从黑暗去往黑暗

你听到这些，
你问自己，这是什么？
你听到自己的回答，
这是障碍，这是
头脑里的一次寂静的革命。

根本没有时代的挽歌，
有的只是你和我。

季节在后退，
而权力从不告别。

我将从黑暗去往黑暗，
笔记本注定要被焚烧。

我们穿越了空间，
这是真的，他告诉我，
但是我们是否还能，
是否还能穿越时间？

沉默的人永远沉默

沉默的人永远沉默，
并且走上台阶。

另一面是令人遐想的，但是
还有某种暗示。

期待什么？我们已经选择了
失败，一个接着一个。

但沉默是属于沉默的人的，
他们因此脱离了我们。

如果非要说点什么，那么我
说，我们不过是森林里的风，

从宇宙的另一面吹来，其中夹杂着
喧闹的声音。

未来的时间

在高高的屋顶下咒骂，
总是夜晚，总是失眠。
一张旧报纸掩盖了几十年的灰尘，
她的衰老写在她的眼睛里面。

承认吧，她在心里对自己说，承认吧。
灯光就要熄灭，
大门就要关上，
主角就要离开，
而最后一次谢幕，就要到来。

如果可以，她在心里对自己说，如果可以。

我已经活得太久，她笑着说，
那么多的时间，仿佛只是
浪费一场，
而以后，如果还有以后，
也只是浪费一场。

我见过革命，也见过失败，
还有欢笑和眼泪，太多的眼泪。
以及更多的眼泪。

如果有末日，它会如何到来?

另一个故事相隔两年，
整整两年，有一些人病倒，有一些人
怀孕，还有一些人并无变化。

当流星落下，在人们的心中引起了恐慌，
那时老张独自一人，远离了朋友，或者说，
是朋友远离了他。

最后一夜的决定，每想到此，老张
的眼睛就会发酸，但眼泪并不会到来，除非
天气不好，就像

今天，这么大的风，还有灰尘。
所有的灰尘都应该归于宇宙，或者其中
包含着人类的自责，一粒又一粒。

夜晚，老张对着星空，怎么也不相信
在他生命中的最美好的都已经
离他而去。

真像一个奇迹!

我的自私而伤心的老张，唱着
这样的诗歌，在每一个夜晚莫名其妙的
灯光下，在每一个焦躁的睡眠之后。

如果有末日，它会如何到来？老张的身体
像炭一样地燃烧，那火冲击着
他的喉咙，使他发出一声声的低吼。

除了老张，没有别人，所以那个声音
使他羞愧。

谁说的，在今天晚上会出现月亮?

路上行人稀少，
每一次跳跃都是一次转折。

偷情的人正在挂断电话，一首歌
在不该结束时中断。

你可以得到最好的，但生活，在
灯光一熄灭间弹出，
你的音乐拖得太长，以至于忘了
怎样结束。

病态的生活

星星不为所有人热爱，
毫无疑问。
树顶的一阵风，
……年轻时的鲁莽留下的
后果。
汽车几乎要驶出轨道。

你的语言就是你的血液，
凝固在尴尬的照片上，
令人想起整整一个
逝去的时代。

而怀念过去，就像是
一种病态的
生活，即使有
某种甜蜜的味道。

后来

你记得吗？那些事情被你
卷成一团，被抛在半空中，
然后被另一只手接住。
这是我记得的少数几个画面。
还有一次，快乐从你的
头顶上飞驰而过，嗖的一声，
你根本来不及看清楚，
再后来……
其实并没有什么再后来，
你忘记的事情比你记得的，
要多很多。

死亡来得突然

死亡来得突然，
老张几乎来不及喊叫，
天空就已经落下了，
一道铁闸被关闭。
孩子们跳跃着穿过马路，
四楼的某个窗户里，
死亡来得超出想像。

强调

咖啡的味道还没有散去，
有人已经看见路灯
在发出蓝色的一闪一闪的光。
告诉我吧，孩子，老人说，
海水并不会吞噬一切，在警报声
拉响之前，该出现的，
终归出现，
该逝去的总会逝去。

破旧的鞋子倒挂在雨里，
有那么一两次，我几乎要
哭出声来。但是老人的眼睛里
看不出任何情绪的波动。

我在自我中沉浸得太久，
无数个星期一离我而去，
楼房吵杂，有一两个场景
甚至荒诞，
可是这是怎样的一个世纪呵！
工人们蹲在马路边，目光迷离。

雨水冲洗了我的情感，
并且终于，

第一次革命浪潮中的关键人物

开始显得呆滞，

月亮狗踏上不限速高速公路，

这是第三次，他一再地

说明，这是第三次。

只不过

这样的强调对我

毫无意义。

你勉强爱着这个世界

你勉强爱着这个世界，
实在是过于勉强，
使你的额头上不停地出汗。

火车开过你的头顶

火车，开过你的头顶，
市中心，一次暴雨，
出现在太阳熄灭的时候。

老张不能相信他已经在
旅途中，火车开得飞快，
但快不过孩子的叫喊。

那个孩子在暴雨中兴奋不已。

七月，纯净的夏天，老张把自己
托付给某个概念，
总应该有点什么，总应该
在某个地方，老张张大了嘴巴。

曾经有人到过那里，这是老张了解的
唯一事实，而更多的
是坐着更快的火车
返回的人。

有几秒钟的时间

想了很久，才想起一个名字，
老张在早晨对自己产生了
怀疑。

老张在起床时有一种莫名的
紧张，但那是
不应该出现的。
或者说，是不应该
在这个时候出现的，
但是紧张还是来了。

有几秒钟的时间，
老张丧失了目的，
但这不是重点，不值得
为此而放弃一生的幻想。
老张正在努力，
虽然这几秒钟犹如
一生般漫长。

这个早晨实际上并没有
什么特别，
即使阳光稍微有些刺眼，
即使屋子里显得
过于安静，但是灰尘
依然飘浮在

灰尘中，而且每一次呼吸
都很准确。

但是老张的努力
毫无结果。
但是老张
还是选择了
最直接的解决方式。

我梦见他拿着一部和上帝通话的电话

他的手指纤细，苍白，
时不时地挠头。
我的星星从脚上裂开，吹散了他
本来就稀少的头发。
但那是金色的，耀眼的金黄色，
让人在黑夜几乎
睁不开眼睛。

那次通话让他夸耀了一生，
真的是整整一生，直到他在
电话里听到了召唤，但是
每一次铃响，惊醒
他的美梦。

告别的方式有很多

告别的方式有很多，
为什么选择在
十一月，为什么又是火车，火车。

你不知道自己有多坚强，
从这样的生活里幸存下来。

一种想像的生活，
但是似乎并没有错，
你走上了一条危险的路。

他把自己埋在另一次事故中

他把自己埋在另一次事故中，
被撕碎的纸片散落
在空中，有火的气味。
所有人都在祈祷，但是他的帽子
成为了灾难的开始。

超越政治人物指过的地方，来到
大地的中心，
和路边的盲人说笑，
并忘记上一个轮回的火焰。

这是故事开始的瞬间，也是
灾难开始的瞬间。

如果真的有报应呢？他的眼睛
显露出犹豫，和恐慌。
在漆黑的小巷里喃喃自语，以
恐惧来鼓励自己，
并且情不自禁地投入黑暗。

挣扎着，向前，向前，
每一寸的恐惧划过身体，
直到路的尽头在
微弱的光中显露出来，真的微弱，
但足以让他看见，

黑暗不仅是黑暗，恐惧
也不仅是恐惧。

他的手已经几乎抓住了光，
但没有，永远不会。
而是光抓住了他，在最后一刻，
他被即将熄灭的光抓住了。

这是最后一次，光
只在太阳下熄灭。

我以为

我以为拥挤的房间门口，
空间将会重新开放，
然后她会带着笑容，
装模作样地向人群挥手。
人群的阴影让黑夜的
西装更加地黑暗，
我以为幻觉就将
到此为止。

狂欢的季节已经结束，她说，
不和这个世界发生关系。

关于写作

说起来有些可笑，
你从中学以后就再也没
用过墨水笔。
而现在，你正在用它，
写，写，写。
还有那只手，还有
在冬天的傍晚呼唤的声音。
但是没有野鸭从
公路上飞过的翅膀，
以及蒸汽造成的另一种颜色，
那是红色和黄色
混合成的另一个世界。
在每一次睡眠之后就产生爆炸，
把城市送给另一个主人，
把房屋送给另一个疯子，
幻想者和冒险家。
而迟迟而来的汽车带我们
离开。最终，终于，
我们已经等了一个冬天，
以及又一个冬天，
直到发动机响起，
我们就睡着。

一个关于北方的神话

慢慢地划过电波，以及
一个关于北方的神话。
跑过去的男人装作什么也
没有看见，但是，
神话甚至照亮了他的脸。
神话和传说，
还有谁也不相信的预言。
“你有什么计划，”他问，
“如果有的话，”他回答，“也只是
支离破碎的幻想。”

而编码正在被破译，
成为某个短语，
进入他们的对话。

像水一样流过的日子

九月二十六号，九月三十号，
这两个毫无意义的数字对我展开了攻击，
让我从星星的反光中，
摸索到一片又一片的真理。

但是说实在的，星星怎么会在
有雾的日子里出现？
当公共汽车的轰鸣声响起，
我的内心一片荒芜。

这究竟是怎样发生的？
从河岸的这边，到超级商场的
配电房，人们进进出出，
把我甩在了后边。

如果我愿意，我可以
永远地记住这两个日期，
等到衰老到来的时候，
慢慢咀嚼。
不过问题的核心在于，
这两个数字对我
并无任何特别之处。

改变来得实在是突然

她不在乎时代，
因为她有自己的幻想。
“这个时代和我有什么关系，”她说，
“如果一切都会最终改变。”
但是她仍然在某一刻张大了嘴巴，
她发现改变来得实在是突然。
十年前是什么样，她想十年前是什么样？
十年前的时候你还在等待太阳。

她在等待太阳。
这等待持续了一个月的时间，
但太阳似乎已经被某个人射下。

当时我并不在场，白头发的人说，
她用胳膊打碎了玻璃。

如果能够觉察命运

如果能够察觉他的命运，
我想老张就不会急着做什么。

虽然总是下雨，一天接着
三叶草开满了整个高地。

一顶毛绒帽和屁股上有破洞的
裤子，老张就这样轻易地跨过栅栏。

并且在乞丐到来之前喝下，
最后一杯茶。

一个女人

疯了！
一个女人！
在时间里来回挖掘，
试图找出一点温热的
理由。
可是未来像一根柱子那样，
耸立在不远的地方，
同情和耻辱，
幻想成为幻想本身。

疯了，真的疯了，
如果吃饭，睡觉，和晒太阳
成为唯一，
她伸向烟灰的手指又
说明了什么？
一种保护性的姿态在每天
上楼下楼的过程中，
得到加强。
而秋天的长江路，闻得到
厌倦和自我逃避。

想到罗宾逊·杰菲斯

像石头一样发着绿光，
我想着大海，岩石，木屋，
以及一只鹰。

你就是鹰，这是你
希望的，在西部的海岸，
一个船长失去了他的水手们。

因为城市是世界的锁链，
因为死亡是世界的终点，所以
即使灯光再亮，你也不会
感到惊奇。

鹰总是停在岩石上，在海边，
在大瑟尔的狂风中，
想着人类的死亡。

而船长，收拾着每一个
桅杆，甲板，还有舵手留下的
味道，从未想过需要帮手。

你在水面上观看

你在水面上观看，
如果轮船姗姗来迟，
那你的心跳将会自动停止。

老人说那是你的命运，
你脱下外套和皮鞋，
从水面上走过去，
从水面走回山顶。

花朵开放在夜里，
小心未来，女人在街上喊叫，
小心，道路已经变得崎岖。

公平的场景

想像一个男人，
厌倦了西装，领带，以及每天清理胡须。
再想像一个女人，
厌倦了灰尘，
和那些打着哈欠度过的下午。
想像他们的相遇，
以及想像后来发生的一切。

这本身就是那么遥远，
男人在大楼里跑来跑去，
为了复仇。
而公平来得如此艰难，
如此出人意料。

这几乎已经是最坏的情况了

我不知道还会发生什么，
这几乎已经是最坏的情况了。
城市正在渐渐干枯，
并被灰尘淹没。

只有一次偶然，
雕塑在说话时不小心把
真相说出来。

而奔跑的男人永远不说，
就好像他已经向某个事物，
做出了保证。

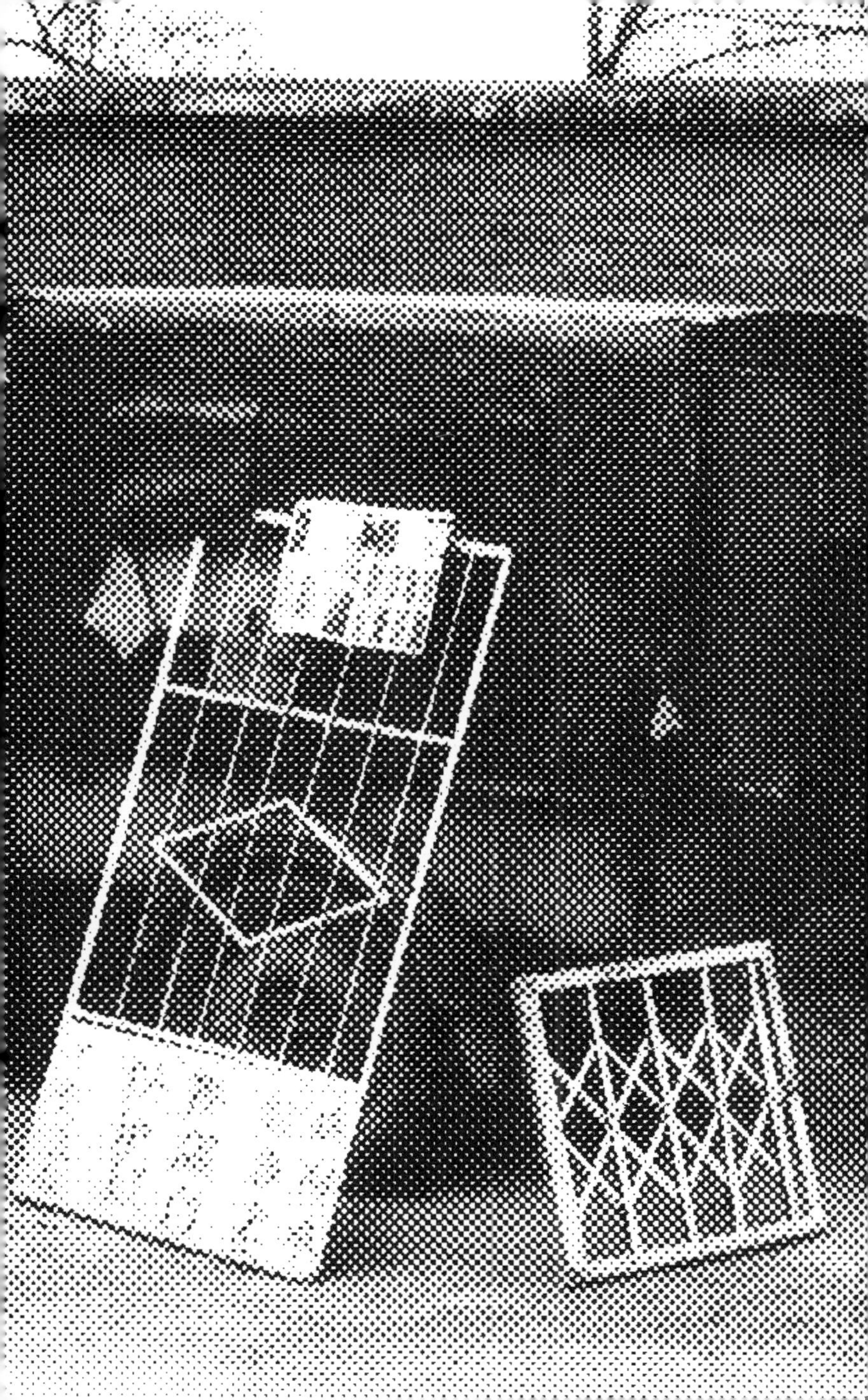

有些东西已经死了

有些东西已经死了，
我今晚才发现。
它就在这个小屋子里，
还有它的气味在我们的血液里。

我呼吸着死亡的空气，
告诉自己还有时间。

回到道路的下面

在那个将要起风的下午，
镜子开始破裂，
那里面有她的世界，
那是一个人所能拥有的一切。

她指着天说，你看太阳了解
发生的事情。我说，什么是真相，那
一定是你的错觉，让我们
回到道路的下面，回到自己的世界。

这是我和我的道别

偷偷地运输，进入
他们的阵地。
这一次，不再是风的季节。
像第一次一样，飘过
他老人般的生活里。

他问，
而没有回答。

清晨的光线正在褪去，
这是我和我的道别，
在空气中，
给他。

三年

已经有三年的时间，
朝圣者越来越失望。

每一个家乡都变成了敌对的土地。

只有星星，飘浮在梦里，
但这梦完全是因为恐惧而做的。

胡子上残留着食物，在城市里
生活，他对每一条街道了如指掌。

清晨褪去时伴随着某种焦虑，
没有人，没有人，

他在这三年里什么也没做，
除了失望，以及感叹失望。

但是梦终究是要醒的。

他去过远方

他去过远方，然后又回来。
从九点开始，直到针管扎进
城市的血管之中，
天使从天而来，美丽得让人炫目。

我活在一种不自然的生活中，
需要决定穿什么才能够为自己取暖。
而他呢？他去过远方，
见过比我更多的画面，
同样，他也应该，
比我更应该，
随着灯光的节奏上下晃动，
并且在灾难将要来临的时候，
最先知道。

真相

莫名其妙的一个想法，
节日的到来，
似乎是理所当然的。
现实的途径并不总是通往未来，
这是聪明人的
聪明所在。

另外，还要补充的是，
不要把你们的外套弄得太短，
等到季节合适，
厌倦就会出现，
到那个时候一切都会
显得太迟了。

当温度升到三十五度以上，
你们就会看到我，
藏在格子衬衫后面，摇摇晃晃。
大街上永远不会空无一人，
我永远不会是我，
只有一种情况下哲学发挥了作用，
那是在月亮被你们和我
崇拜的时候。

你还可以听见马的嘶叫

你还可以听见马的嘶叫，

不过那是三百公里之后的事情了。

读布考斯基的下午或者法国之爱

电话里说的是三点，
她的声音还没有散去，
楼道里就已经
有巨大的响声。

我翻过一页，深呼吸，
准备看到更奇妙的事情。

但是
什么也没有，
只剩下一点法国之爱，
一点点而已。

她去了一个地方

她去了一个地方，
陌生，并且可怕。
这又能怎样？
她戴上假发，关上房门，
为即将到来的晚餐
做好准备。

一百米外的窗帘被打开，
曾经的国家公务员，现在的
慈祥老人。
他正在享受夏天最后的机会，
又一个十月，
大字报在心里存放了又一年。

不出门的主妇也在
秋天去看望过去的情人。
一个提醒，
不要轻易走进她的房间，
她说着
澳大利亚口音的英语，
午夜的班车
正要离开，
出发时她总喜欢坐在最后一排。

寒流刚刚过去

冬天的最大一次寒流刚刚过去，
这个冬天又和往常一样，
干燥而且明亮。

从最后一刻开始就没有知觉

从最后一刻开始就没有知觉，
堕落只是借口，
在街道的后面，火球将会燃烧，
把世界烧成最初的模样。

泳池里的水正在翻腾，
它们曾经冰冷刺骨，
就在夏天，就在夏天，
只不过刚刚过了一个季节。

春天刚开始的时候

戏剧性的展开，
她的羽毛就像是
一种讽刺。
讽刺性的语气暴露在
明晃晃的下午，
春天，
时间轻易地流过，
甚至闻不到它的味道。

永远不要采摘果实

永远不要采摘果实，
永远不要把手伸到水里，
河流不再是河流，而你
在河流里微笑。

夏天是屋顶闪着金光的季节，
是出汗混合着孤独的
时间，你曾经藏起来，并且
将永远藏起来。

如果我总是想到死亡

如果我总是想到死亡，
那是因为离开的人

越来越多，其实生和死，
只有一天。

见最后一面，然后告别。

那是上午，我记得
没有太阳。

这么多人，活着时互无关系，
相互抱怨，但在

最后的一天，走到了一起。

我能说什么？对于活着，我已经
说得太多。

生活笔记，以及我们如何找到被拒绝的幻觉

杨海崧 著

图书在版编目（CIP）数据

生活笔记，以及我们如何找到被拒绝的幻觉 / 杨海崧著 . — 北京 : 北京联合出版公司 , 2019.10

ISBN 978-7-5596-3544-0

Ⅰ . ①生… Ⅱ . ①杨… Ⅲ . ①诗集 — 中国 — 当代
Ⅳ . ① I227

中国版本图书馆 CIP 数据核字 (2019) 第 184519 号

选题策划　联合天际
责任编辑　管　文
特约编辑　老　张
装帧设计　UNLOOK · @ 广岛 Alvin
美术编辑　程　阁

未读 文艺家

出　　版　北京联合出版公司
　　　　　北京市西城区德外大街 83 号楼 9 层　100088
发　　行　北京联合天畅文化传播公司
印　　刷　鑫艺佳利（天津）印刷有限公司
经　　销　新华书店
字　　数　30 千字
开　　本　787 毫米 ×1092 毫米 1/32　4.75 印张
版　　次　2019 年 10 月第 1 版　2019 年 10 月第 1 次印刷
ISBN　978-7-5596-3544-0
定　　价　58.00 元

关注未读好书

未读 CLUB
会员服务平台

本书若有质量问题，请与本公司图书销售中心联系调换
电话：(010) 52435752　(010) 64258472-800